CB041722

GRANDES CLÁSSICOS

O Essencial dos Contos Russos

© Sweet Cherry Publishing

The Easy Classics Epic Collection: Anna Karenina. Baseado na história original de Leo Tolstoy, adaptada por Gemma Barder. Sweet Cherry Publishing, Reino Unido, 2021.

Dados Internacionais de Catalogação na Publicação (CIP)
Angélica Ilacqua CRB-8/7057

Barder, Gemma
    Anna Karenina / baseado na história original de Liev Tolstói ; adaptada por Gemma Barder ; tradução de Willians Glauber ; ilustrações de Helen Panayi. - Barueri, SP : Amora, 2022.
    128 p. : il. (Coleção Grandes Clássicos : o essencial dos contos russos)

ISBN 978-65-5530-421-3

1. Ficção russa I. Título II. Tolstói, Liev III. Glauber, Willians IV. Panayi, Helen V. Série

22-6613	CDD 891.73

Índices para catálogo sistemático:
1. Ficção russa

1ª edição

Amora, um selo da Girassol Brasil Edições Eireli
Av. Copacabana, 325, Sala 1301
Alphaville – Barueri – SP – 06472-001
leitor@girassolbrasil.com.br
www.girassolbrasil.com.br

Direção editorial: Karine Gonçalves Pansa
Coordenação editorial: Carolina Cespedes
Tradução: Willians Glauber
Edição: Mônica Fleisher Alves
Assistente editorial: Laura Camanho
Design da capa: Helen Panayi e Dominika Plocka
Ilustrações: Helen Panayi
Diagramação: Deborah Takaishi
Montagem de capa: Patricia Girotto
Audiolivro: Fundação Dorina Nowill para Cegos

Impresso no Brasil

ANNA KARENINA

Leo Tolstoy

amora

OS KARENINAS

Alexis Karenina
Chefe da família

Anna Karenina
Esposa

Serezha Karenina
Filho

OS VRONSKYS

Condessa Vronsky
Chefe da família

Conde Vronsky
Filho

Princesa Betsy
Prima

OS OBLONSKYS

Stephen Oblonsky
Chefe da família

Dolly Oblonsky
Esposa

Kitty Shcherbatskaya
Irmã de Dolly

Constantine Levin
Amigo dos Oblonsky

CAPÍTULO UM

A São Petersburgo de 1874
fervilhava com as pessoas mais
elegantes e importantes de toda a
Rússia. E uma das famílias mais
respeitadas era a dos Kareninas.
Alexis Karenina era funcionário
do governo. Sua esposa, Anna,
administrava tudo o que dizia
respeito à enorme casa deles. E
cuidava para que tudo estivesse
perfeito toda vez que recebiam os
importantes convidados de Alexis
para suas festas. Os dois tinham

um filho ainda pequeno, chamado Serezha, que Anna adorava.

Anna tinha uma vida feliz, mas se casou ainda muito jovem. E, às vezes, achava que o fato de viver com alguém bem mais velho a tinha feito ficar velha antes do tempo.

Anna deu um abraço demorado em Serezha e um beijo de despedida.

— Por que você tem que ir, mamãe? — perguntou Serezha.

— Vou visitar o tio Stephen por alguns dias. E vou trazer um presente para você lá de Moscou!

Enquanto estava indo para a estação ferroviária, Anna pensou em seu irmão, Stephen, que tinha mandado uma carta pedindo ajuda. Ele e Dolly, sua esposa, vinham discutindo muito ultimamente. Anna queria ajudar, afinal amava o irmão e a cunhada. Mas não era só isso. Anna estava secretamente ansiosa para passar alguns dias na cidade onde cresceu, longe daqueles amigos velhos e empoeirados de Alexis, acompanhados de esposas sérias demais.

Em Moscou, os filhos mais velhos de Stephen Oblonsky corriam em volta dos pés do pai. Já a mais nova chorava no berço.

— Querida! — exclamou ele, da forma mais calma que conseguiu. — Acho que o bebê quer alguma coisa!

— Por que você não vai pegar a menina? — disse Dolly, impulsiva, em pé na porta da sala de estar superarrumada.

— Eu? — perguntou Stephen.

— Sim, você. Talvez assim você sirva para alguma coisa nesta casa. — respondeu Dolly, com as mãos na cintura.

Stephen parecia perdido. Ele olhou para dentro do berço e, desesperado, começou a assobiar uma canção de ninar.

— Pelo amor de Deus! — Dolly passou apressada pelo marido,

pegando o bebê no colo. — Você não tinha que jantar com Constantine?

Stephen concordou, balançando a cabeça e se aproximou da esposa para dar um beijo de despedida. Mas ela se desviou e começou a brincar com o bebê.

Constantine Levin tinha frequentado a universidade junto com o irmão de Dolly. E acabou ficando muito próximo da família. Por intermédio de Dolly, conheceu Stephen. Os homens se tornaram bons amigos desde então. Constantine era uma pessoa séria. O fato de Stephen e

Dolly não estarem se entendendo o preocupava.

— Talvez você devesse ter ficado em casa com sua esposa, Stephen — disse Constantine.

— Ah, acho que isso vai passar — concluiu Stephen, enchendo o copo.

— Dolly fica nervosa demais com as coisas. — Constantine emendou.

— Isso é verdade. Aliás, gostaria de discutir com você uma coisa importante.

O maior desejo de Constantine era se casar com Kitty Shcherbatskaya, a irmã mais nova de Dolly. Ao longo dos anos, ele havia passado muitas tardes na casa de Kitty, visitando o irmão dela e a família. E ele tinha certeza de que Kitty era a única mulher no mundo feita para ele.

— Você vai ao jantar na casa da Kitty amanhã? — perguntou Constantine.

— Não — respondeu Stephen. — Anna, minha irmã, está vindo passar

uns dias comigo e vamos jantar juntos. Mas sinto que devo alertá-lo, meu amigo.

Constantine deixou o garfo e a faca de lado.

— Kitty tem sido vista com frequência na companhia de um oficial militar chamado Vronsky. Um sujeito bonitão, que pensa demais em si mesmo. Parece que Kitty está apaixonada por ele.

Constantine agradeceu. Mas isso não mudou o plano que tinha. Kitty era uma jovem sensata, que não seria convencida com tanta facilidade, ele achava. Quando visse Kitty de novo, ele a pediria em casamento.

CAPÍTULO DOIS

Constantine passava a mão no cabelo enquanto esperava do lado de fora da mansão do príncipe e da princesa Shcherbatskaya. As janelas brilhavam com a luz das velas e ele conseguia ouvir as risadas vindas lá de dentro. O aviso dado por Stephen ficou martelando em sua cabeça, mas Constantine estava determinado a ficar com Kitty.

A casa estava cheia de convidados. E Constantine não

demorou a
encontrar Kitty.
Ela usava um
lindo vestido
branco de renda.
Parecia um anjo.

— Constantine!
— exclamou Kitty ao
pegá-lo pelo braço.
— Que bom ver você!

Kitty parecia estar sempre de
bom humor. E isso era uma das
coisas que Constantine amava nela.
Além disso, Kitty era doce e gentil.
Mas, acima de tudo, Constantine
sentia que ela tinha um bom
coração.

Ele a afastou da multidão e a levou para uma sala onde pudessem ficar longe do barulho.

— Aconteceu alguma coisa, Constantine? — perguntou Kitty. — Vamos voltar para a sala de jantar. Quero que conheça algumas pessoas.

— Kitty, só existe uma razão para eu ter vindo aqui esta noite — começou Constantine.

Ele então se colocou sobre um joelho. O sorriso de Kitty desapareceu de seu rosto.

— Ah! — disse Kitty ao perceber o que Constantine estava prestes a fazer. Ela deu um passo para trás e cobriu a boca com a mão. —

Desculpe, Constantine... eu não posso...

Kitty nem terminou a frase. Ela sorriu para Constantine como uma mãe sorriria para uma criança que segura um brinquedo quebrado. E então desapareceu entre as pessoas que estavam na sala de jantar.

Constantine foi atrás de Kitty. Por um momento, ele não conseguiu vê-la entre aquele redemoinho de vestidos. Até que a avistou. Ela estava parada na porta, ao lado de um belo oficial militar. Constantine não precisaria ser apresentado ao homem. Aquele devia ser o Conde Vronsky.

Os ombros de Constantine na mesma hora se retraíram. Toda a expectativa e felicidade que carregava consigo naquela noite evaporaram. E ele saiu sem se despedir de Kitty ou mesmo dos pais dela.

Constantine voltou para casa e imediatamente começou a fazer as malas. Ele partiria para sua propriedade rural na manhã seguinte. Queria estar em algum lugar tranquilo, para poder pensar no que faria de sua vida.

CAPÍTULO TRÊS

Anna gostou muito da viagem até Moscou. No trem, ela fez amizade com a condessa Vronsky e as duas conversaram o tempo todo. A condessa lhe contou que estava indo visitar o filho. E contou também sobre as realizações dele. As recém-amigas ficaram encantadas ao perceber que Stephen, o irmão de Anna, e o conde Vronsky estavam juntos na plataforma do trem, as esperando.

— Que sorte vocês duas estarem sentadas uma ao lado da outra! —

disse Stephen, cumprimentando
a irmã com um beijo em cada
bochecha.

— Anna, este é meu filho — disse a
condessa Vronsky.

Anna sorriu para o homem. Os
cabelos dele eram curtos e escuros e
olhos escuros também.

Cheio de orgulho, usava um
uniforme militar. Ele não sorriu
de volta para Anna, mas olhou
diretamente nos olhos dela. E depois
beijou sua mão.

— É um prazer conhecê-la — disse
Vronsky. Eles mantiveram os olhos
fixos um no do outro por vários
segundos.

— Bem... — disse Stephen, quase quebrando aquele feitiço — não podemos ficar o dia todo nesta plataforma gelada.

Ele então se propôs a pegar a bagagem de Anna, mas repentinamente um grande alvoroço tomou conta da plataforma. Um guarda escorregou sobre os trilhos quando o trem deixava a estação, e se machucou.

— Que coisa horrível! — exclamou Anna, pegando

o braço de Stephen. — Coitado daquele homem.

O conde Vronsky olhou para Anna. Depois, enfiou a mão no bolso do casaco e correu em direção ao grupo que cercava o guarda ferido. Anna viu quando Vronsky entregou uma grande quantia em dinheiro a um dos funcionários da ferrovia.

— Isso é típico do meu filho — disse a condessa Vronsky.

— Ele é sempre tão generoso assim? — perguntou Stephen.

— Só quando há uma jovem por perto para ele impressionar — respondeu a condessa, sorrindo para Anna.

Anna pegou o braço de Stephen e se despediu da condessa antes que Vronsky voltasse. Ela não conseguia explicar, mas sentiu que precisava ficar longe daquele belo oficial. Além disso, Anna tinha certeza de que, no instante em que a mãe dele explicasse que Anna era casada, Vronsky a esqueceria.

CAPÍTULO QUATRO

No dia seguinte, na casa de Stephen e Dolly, Anna foi cercada pelas sobrinhas e pelos sobrinhos. Todos falavam ao mesmo tempo e Anna ria, enchendo-os de beijos. Do canto do quarto das crianças, Dolly ficou observando.

— Eles adoram quando você vem nos visitar — disse Dolly.

Anna se levantou e se afastou das crianças, que logo encontraram algo para brincar, deixando as duas mulheres conversando.

— Stephen sente muito por chatear você — disse Anna.

— Ele é muito bom em pedir desculpas. Mas antes de qualquer coisa, ele também é muito bom mesmo em me deixar chateada! — suspirou Dolly.

— Por que você não vai ao baile hoje à noite, na casa da sua família? Seus pais iam gostar de ver você. E tenho certeza de que a Kitty também.

Anna estava ansiosa para ir ao baile. Tinha até comprado um vestido novo para usar.

— Seria bom para todos nós se fôssemos juntos — acrescentou.

— Não — respondeu Dolly.

— Não vou conseguir dançar com Stephen e fingir que não há nada de errado.  Ele vai levar você. Por favor, diga a todos que não estou bem. Não quero que meus pais suspeitem que ele e eu temos brigado. Podem pensar mal de Stephen.

Anna sorriu.

— Então você ainda se importa muito com ele?

— Sim, suponho que sim! — riu Dolly.

Naquela noite, enquanto Anna terminava de pentear o cabelo na frente do espelho, Dolly entrou no quarto.

— Você está muito bonita, Anna — disse ela.

— Não vou me divertir tanto sem ter você lá comigo — respondeu Anna.

Dolly se sentou na cama de Anna e sorriu.

— Você precisa me contar tudo sobre esse oficial por quem Kitty está apaixonada — disse ela. — Conde Vronsky, acho que esse é o nome dele. — O estômago de Anna revirou. Ela tentou não pensar no elegante oficial da estação de trem e esperava que não se encontrassem de novo.

— Prometo dar a você um relatório completo, com certeza — respondeu Anna.

CAPÍTULO CINCO

Stephen e Anna entraram no salão de baile e imediatamente foram recebidos por uma dúzia de amigos. Amigos de quem Anna sentiu falta enquanto morava em

São Petersburgo com Alexis. E
imediatamente ela se sentiu jovem
outra vez. Foi aí que Anna viu
Vronsky. Ele estava do outro lado
do salão, ao lado de Kitty. Mas, na
verdade, olhava diretamente para
Anna.

Quando Kitty viu Anna, afastou-se
de Vronsky para falar com a amiga.

— Isso é tão animador! — disse
Kitty. — Estou tão feliz por você ter
vindo, Anna, mesmo que Dolly não
tenha conseguido vir também. Devo
apresentá-la ao conde… — Kitty
olhou ao redor do salão, mas não
conseguiu avistar Vronsky. Anna
sorriu.

— Talvez ele tenha ido buscar uma
bebida para você.

Nesse momento, um dos amigos dos
pais de Kitty a convidou para dançar.
Anna pôde ver a decepção no rosto
de Kitty, mas ela era gentil e educada
demais para recusar o convite. E foi
levada para a pista de dança.

— Você me concede essa dança?

Anna pulou quando uma voz surgiu por trás dela. Era Vronsky.

— Parece que a minha parceira está ocupada. — Ele acenou para Kitty, que dançava, mas parecia estar terrivelmente entediada.

— Não tenho certeza se deveria — disse Anna, de forma educada. — Nós não nos conhecemos muito bem.

— Se você não vai dançar comigo, acho melhor eu deixar o baile agora. Nenhuma outra dama pode se comparar a você.

Anna se virou para Vronsky, esperando que ele estivesse sorrindo. O que ele disse deve ter sido uma piada, afinal ele estava ali como acompanhante de Kitty. Mas Vronsky estava sério.

— Bem... — disse Anna, com a voz um pouco trêmula — eu danço com você, se isso impedi-lo de ir embora.

Ela tentou se convencer de que, na verdade, estava ajudando Kitty ao fazer com que o oficial ficasse. Mas, no fundo, ela estava animada para dançar com ele. Na pista de dança, Anna não conseguia tirar os olhos de Vronsky. Ela sentiu como se já tivessem dançado juntos mil vezes. O resto do salão de baile pareceu desaparecer.

Quando Vronsky a chamou para dançar de novo, Anna aceitou sem hesitar. Ao ser convidada pela terceira vez, ela sabia que deveria recusar. Não era certo uma mulher casada dançar tantas vezes com outro homem. Mas Anna aceitou. Ela esqueceu toda a sua compostura. Esqueceu que era casada. E até mesmo que a jovem Kitty estava apaixonada pelo homem com quem estava dançando. Ela só se importava com Vronsky.

CAPÍTULO SEIS

Anna ficou grata por não haver ninguém em seu vagão no trem de volta a São Petersburgo. Ela precisava de tempo para pensar. Na manhã seguinte ao baile, Dolly recebeu um bilhete enviado pela irmã, Kitty. Isso por ter ficado intrigada pelo fato do conde Vronsky não a ter pedido em casamento naquela noite. E Kitty culpou Anna pelo fato de que ele a ignorou a noite toda.

Dolly riu do bilhete.

— Minha irmãzinha está com ciúmes de você, Anna! — ela disse. — Claro que todos os homens queriam dançar com você. Tenho certeza de que você era, de longe, a dama mais bonita da festa.

Anna sorriu, mas, por dentro, estava se sentindo envergonhada. Dançar com Vronsky tinha sido maravilhoso naquele momento, mas ela ficou acordada a noite inteira preocupada com isso. Pensamentos sobre o marido e o filho encheram sua cabeça. Seu comportamento no baile tinha sido um erro.

O trem parou em uma estação e Anna desceu na plataforma

para esticar um pouco as pernas. Quando o vapor do trem finalmente se dissipou, ela viu Vronsky caminhando em sua direção ao longo da plataforma. A princípio, achou

que devia estar sonhando. Até que ele falou.

— Você está bem, Anna? — perguntou ele.

— Estou muito bem — respondeu Anna. — Mas surpresa em vê-lo. O que está fazendo aqui?

— Não é óbvio? Eu preciso estar onde você estiver.

Uma mistura de alegria e medo invadiu o corpo de Anna. Naquele instante, ela também não queria nada além de estar com Vronsky. Mas sentir-se desse jeito a assustava. Ela era uma mulher casada e tinha um filho, bons motivos para voltar para casa.

— Chega — disse Anna, com força. — Estou indo para casa, para a minha família. Essa tolice precisa parar.

Anna não esperou a resposta de Vronsky. Entrou no vagão e fechou a porta.

Quando voltou para a enorme casa onde morava em São Petersburgo, Anna envolveu Serezha em um abraço apertado. Ela estava muito feliz em vê-lo de novo.

Porém, quando o marido a cumprimentou, o coração de Anna

afundou no peito. Depois de estar com Vronsky, Alexis se parecia mais com um tio gentil do que com um marido. Apesar de saber o quanto aquilo era errado, desejava mais que tudo ver Vronsky outra vez.

CAPÍTULO SETE

Depois da empolgação de Moscou, entreter as esposas dos colegas de Alexis era algo ainda mais monótono para Anna.

Para se animar, ela decidiu ir ao teatro com a sua amiga, a princesa Betsy Tverskoy. Alexis não gostava de Betsy. Ele a via como alguém que achava que se divertir era mais importante do que ser alguém respeitável. Mas Anna queria se divertir e sabia que Betsy seria a companhia ideal.

— Vamos para a minha casa — disse Betsy quando a peça terminou. — Organizei uma pequena festa e tem alguém lá que quer vê-la.

— Então eu vou — disse Anna. — Vou mandar minha carruagem para casa com um bilhete para avisar que vou chegar tarde. Quem é que quer me ver?

Betty sorriu.

— Meu primo, o conde Vronsky. Acredito que você o tenha conhecido em Moscou.

O coração de Anna saltou no peito. A família de Betsy era grande e ela tinha muitos primos, mas Anna havia esquecido completamente que a princesa tinha parentes em Moscou.

Vronsky já estava na casa de Betsy quando elas chegaram, junto com jovens e elegantes oficiais.

— Que prazer vê-la de novo, Anna — disse Vronsky, com um sorriso largo. — Minha prima é muito prestativa, não é mesmo?

Ele pegou a mão dela para beijá-la e não a soltou. Anna não podia negar: ela estava feliz por vê-lo novamente. Ele a fazia sorrir. E a fazia se sentir jovem e feliz.

— Conde Vronsky, você sabe que sou casada, não sabe? — perguntou Anna.

— Sim, você já me disse isso várias vezes — ele respondeu.

— Então você sabe que nós só podemos ser amigos — disse Anna.

Vronsky balançou a cabeça.

— Mas eu não quero ser seu amigo — ele disse. — Acho que estou me apaixonando por você.

Anna não respondeu. E nem poderia responder, porque ao lado dela, naquele momento, estava seu marido, Alexis.

— Está ficando tarde, Anna — disse ele, ignorando Vronsky. — Pensei em trazer a carruagem para buscá-la.

Anna não queria ir para casa. E ela disse isso de uma forma um tanto imprudente.

— Eu estou bem, Alexis. Obrigado por ter vindo, mas você pode voltar para casa. Vou mais tarde.

Quando Alexis deixou a casa de Betsy, Anna percebeu que tinha feito uma escolha: queria passar mais tempo com Vronsky, sem se importar com o que isso custaria a ela.

CAPÍTULO OITO

Já era tarde quando Anna voltou para casa. Ela não esperava que Alexis estivesse acordado, mas ele estava.

— Fiquei esperando você — disse ele.

— Não precisava — Anna respondeu, sorrindo. Mas Alexis não sorriu de volta.

— Você precisa ter o cuidado de não passar tempo demais com a Betsy... ou com qualquer pessoa com quem ela convive — advertiu Alexis. — As pessoas acabam fazendo comentários.

— Não há motivo para comentário nenhum — disse Anna.

O rosto calmo de Alexis ficou tenso.

— As pessoas estavam cochichando sobre você e o conde Vronsky. Diziam que ele está apaixonado por você.

Diante da menção do nome de Vronsky, Anna se engasgou.

— Pois estão muito enganados — ela respondeu. — O conde é primo da Betsy. Nada além disso. Fico surpresa de saber que você dá ouvidos a essa gente maldosa. — Então, deu as costas a Alexis e saiu da sala.

Com a ajuda de Betsy, Anna e Vronsky começaram a se encontrar com frequência. Iam a pequenos cafés, onde sabiam que não seriam vistos por conhecidos, ou até mesmo ao apartamento de Vronsky em São Petersburgo.

Anna sabia que se apaixonar por um homem que não o marido dela era uma das piores coisas que poderia fazer. Mas era como se ela não tivesse outra escolha. Anna sentia que precisava estar com Vronsky.

— Se eu tivesse conhecido você primeiro... — disse Vronsky uma tarde, enquanto estavam sentados em um canto discreto de um café — Teria se casado comigo?

— Claro! — exclamou Anna. — Acho que eu não sabia o que era amor de verdade antes de conhecer você.

Vronsky fez uma pausa e olhou fixamente nos olhos de Anna.

— Então por que você não deixa o Alexis e fica comigo como convém?

Anna suspirou. Ela já tinha pensado várias vezes em como seria sua vida caso pudesse estar com Vronsky. Só de pensar em dividir uma casa com ele já fazia seu coração bater mais forte. Mas ela sabia também quais seriam as consequências se deixasse o marido. O divórcio para uma mulher significava uma desgraça. Seria provável que Anna nunca mais visse o filho. Mais do que isso, significava desistir de seu mundo.

CAPÍTULO NOVE

Depois do baile, Kitty tinha ficado infeliz. E, passadas algumas semanas, ela teve tempo mais do que suficiente para pensar no que acontecera.

Kitty percebeu que, na verdade, o conde nunca a amara. Certa vez, até imaginou que ele a pediria em casamento e que ela aceitaria. Mas agora isso tudo parecia um conto de fadas.

Kitty ouviu da irmã, Dolly, que o conde Vronsky passava cada vez mais tempo com Anna Karenina. Eles até tentavam manter os encontros em segredo, mas, se a notícia chegou a Kitty atravessando todo o caminho até Moscou, aquilo devia ser um fato conhecido por toda São Petersburgo.

Mas, em pouco tempo, Kitty teve uma sensação estranha de calma e alívio. Perder Vronsky tinha sido uma bênção, não algo que precisasse lamentar. Ela estava feliz por ter se livrado de um casamento com um homem tão vergonhoso, que era visto com uma mulher casada.

Kitty sabia que os pais queriam que ela se casasse. Eles a tinham apresentado ao que pareciam ser pretendentes infinitos, mas Kitty não se interessou por nenhum deles. Só havia um homem em quem ela conseguia pensar: Constantine Levin.

Constantine era tudo o que Vronsky não era. Era quieto, enquanto Vronsky falava alto. Era gentil e Vronsky, um pretensioso. Ele falava sobre assuntos importantes e expressava suas opiniões com paixão, enquanto Vronsky muitas

vezes chegava a entediar Kitty com conversas sobre cavalos e campanhas militares.

O coração de Kitty doía por ela ter ficado cega diante do rosto bonito do conde Vronsky. Quando lhe deram uma chance de felicidade verdadeira, ela recusou a proposta de casamento de Constantine. Ela se sentia uma tola.

A única felicidade que Kitty podia esperar agora era aquela que a viagem até a casa de campo de Dolly e Stephen proporcionaria.

Todo ano, Dolly e Stephen passavam algumas semanas na casa de campo, longe da cidade. E naquele ano, Kitty se juntaria a eles.

E uma vez lá, poderia descansar e pensar, longe dos pais. Mas havia outra razão pela qual ela estava tão animada em ir: a casa de campo de Dolly e Stephen ficava muito perto da fazenda de Constantine.

CAPÍTULO DEZ

Constantine Levin não era como os outros proprietários de terras. Enquanto a maioria dos homens ricos se sentava em um escritório abafado e dava ordens a outras pessoas, Constantine gostava de sair para o campo por conta própria.

No princípio, os fazendeiros acharam Constantine estranho. Não entendiam por que ele arregaçava as mangas e se sujava todo quando não havia necessidade. Mas logo se acostumaram com ele. Todo dia,

Constantine percorria a fazenda para ver onde podia ser útil. Sua função predileta era cortar milho. Balançar a foice acalmava a mente e o ajudava a pensar nos problemas, e em como poderia superá-los.

O irmão de Constantine, Nicholas, estava doente. Ele morava com uma senhora chamada Marya, mas os dois não eram casados. Nicholas não acreditava que houvesse qualquer sentido em um casamento. Constantine amava o irmão, mas se preocupava com seu jeito de ser. Casamento era uma das coisas mais importantes para a sociedade e o irmão ignorava completamente essa regra. Por isso ele também estava preocupado com a saúde de Nicholas.

E era essa preocupação mais recente que ocupava a mente de Constantine quando ele ergueu os olhos e viu um cavalo e uma carruagem ao longe. Ele ficou surpreso ao perceber que Kitty estava sentada atrás e segurava uma sombrinha para se proteger do sol. Constantine a achou mais bonita do que nunca.

Quando voltou ao escritório, percebeu que tinha uma visita.

— Stephen! — ele exclamou dando um abraço no amigo. — Desculpe a minha aparência. Estava trabalhado na plantação.

Stephen balançou a cabeça, rindo.

— Não entendo você, meu amigo. Mas não estou aqui para fazer um sermão sobre seus estranhos hábitos de trabalho. Vim convidá-lo para jantar.

Constantine olhou para baixo.

— Vi a Kitty há pouco. Parecia que ela estava indo para sua casa de campo — ele disse.

— Sim, ela veio passar uns dias conosco — respondeu Stephen. — Achamos que você gostaria de vê-la.

Constantine teria gostado de ver Kitty. Mas ainda era algo muito doloroso para ele.

— O noivo dela também vai se juntar a vocês? — perguntou.

— Meu caro amigo, Kitty não tem noivo algum — disse Stephen, confuso. — Se você está falando sobre o conde Vronsky, não há nada entre eles. O compromisso acabou há muito tempo.

Constantine arregalou os olhos. Kitty não estava mais com Vronsky!

Stephen sorriu diante da alegria óbvia de seu amigo.

— Venha jantar conosco esta noite — disse ele. — Mas limpe-se um pouco primeiro!

CAPÍTULO ONZE

A vida na casa dos Kareninas andava difícil.

Agora que estava apaixonada pelo conde Vronsky, Anna se incomodava até mesmo de estar na mesma sala que o marido. Odiava mentir para ele. Mas mentia quando dizia a Alexis que estava se encontrando com as amigas, quando, na verdade, os encontros eram com Vronsky. Ela mentia quando dizia para ele que ainda o

amava, quando não o amava mais.
Ela mentia o tempo todo.

Alexis Karenina era um homem
inteligente. Sabia que a esposa não
se importava mais com ele, não
como antes, e que ela mentia sobre
onde ia e com quem se encontrava.
Mas não havia nada que pudesse
fazer a respeito. Ele não podia
se divorciar da esposa: seria um
escândalo muito grande. Ele era um
homem importante no governo de
São Petersburgo.

Até que, certa manhã, Anna e
Alexis estavam saindo juntos. Era o
evento anual de corridas de cavalos
e os regimentos do exército de São

Petersburgo estavam participando. Anna sabia que Vronsky estaria correndo e mal podia esperar para vê-lo.

Anna e Alexis se juntaram aos amigos em um camarote, logo acima da pista de corrida. A princesa Betsy havia reservado um assento para Anna e ofereceu a ela um par de binóculos para que pudesse assistir às corridas. Nesse meio tempo, Alexis ficou observando Anna.

— Estou muito nervosa — Anna sussurrou quando os cavalos e seus cavaleiros se posicionaram na linha de partida.

— Meu primo é um bom cavaleiro — sussurrou Betsy em resposta. — Você não tem com o que se preocupar!

Com um único tiro, a corrida começou. Os cavaleiros circundaram a enorme pista, pulando cercas altas. E, com frequência, os cavalos se esbarravam enquanto disputavam a liderança. Anna não conseguia tirar os olhos de Vronsky e do cavalo dele. Seu coração acelerava junto com eles!

Vronsky estava na liderança, enquanto os demais cavaleiros se arremessavam em direção à cerca final. Mas o cavalo de Vronsky pulou cedo demais. E os dois caíram no chão.

— Vronsky! — gritou Anna, pulando de seu assento.

Todos ao seu redor ficaram em silêncio. Todos os olhos se voltaram para ela. Até aquele exato momento, ninguém sabia o quão verdadeiros eram os rumores sobre Anna e o conde Vronsky. Agora estava claro, e para toda a sociedade de São Petersburgo ver, o quanto ela o amava. Mas Anna não ligou. Só o que importava era saber se Vronsky estava vivo ou morto. O corpo dela estremeceu de alívio quando o viu tropeçar nos próprios pés. E só então ela percebeu o que tinha feito.

CAPÍTULO DOZE

Alexis e Anna deixaram a corrida rapidamente. Todos os presentes sussurraram quando os dois passaram. Na carruagem em que voltavam para casa, ficaram em silêncio. Até que finalmente, Alexis falou:

— Você se envergonhou hoje, Anna — ele disse baixinho. — Faz algum tempo que suspeito que você se apaixonou pelo conde Vronsky. E hoje percebi que minhas suspeitas eram verdadeiras.

Anna começou a chorar. De certa forma, era um alívio não precisar mais mentir. Porém, ela ainda guardava outro segredo. Um que não poderia ser escondido por muito mais tempo.

— É verdade — disse ela. — Eu o amo. E estou grávida dele.

Alexis olhou pela janela da carruagem, incapaz de dirigir o olhar para a esposa. A única maneira de salvar o casamento

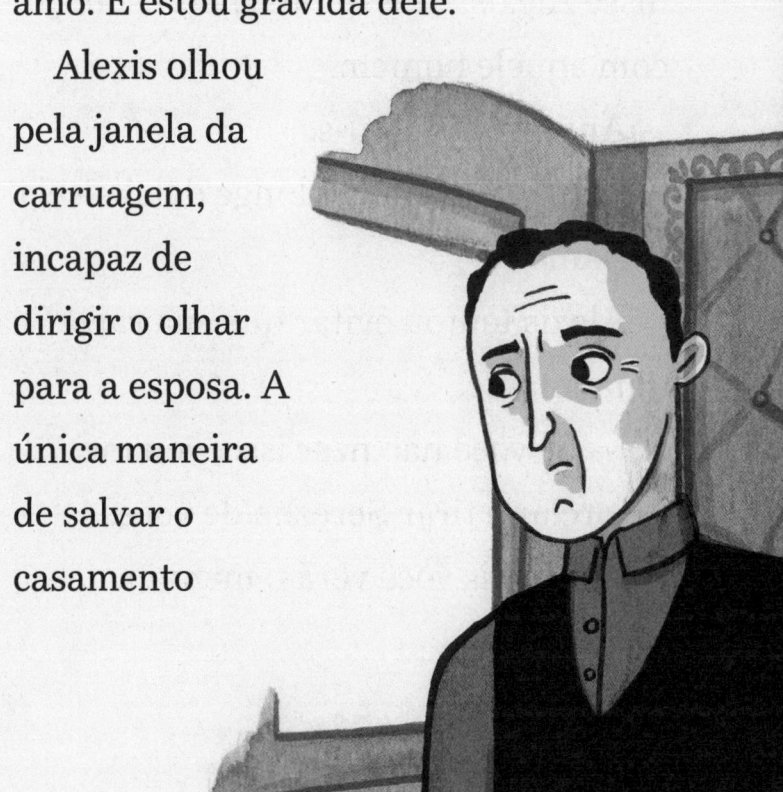

e a posição na sociedade era mandar Anna embora. Em poucos meses as pessoas esqueceriam o escândalo de Anna e Vronsky. Então ela poderia retornar a São Petersburgo com o bebê. E tudo voltaria ao normal.

— Você precisa ir para o campo — disse Alexis. — E nunca mais estar com aquele homem.

Anna endireitou-se.

— Não posso ficar longe dele! — ela exclamou.

Alexis tentou evitar que sua raiva aumentasse.

— Se você não fizer isso, vou me divorciar e tirar Serezha de você. Nunca mais você verá o menino.

Anna começou a tremer. Ela tinha que fazer a escolha entre o filho e o homem que amava. Enquanto Vronsky não tinha nada a perder por estarem juntos, Anna tinha tudo.

No dia seguinte, Anna concordou em ir embora para a casa de campo, desde que Alexis levasse Serezha para visitá-la com frequência. Anna esperava que esse tempo longe lhe permitisse pensar e planejar o futuro.

CAPÍTULO TREZE

Nervosa, Kitty estremeceu na porta da casa de campo de Dolly e Stephen. Constantine concordou em ir jantar com eles. Kitty não o via desde a noite em que recusou a proposta de casamento. Mas agora estava animada e, ao mesmo tempo, assustada.

Ela pulou quando bateram à porta. Assim que entrou, Constantine parou e olhou para Kitty. Mas antes que pudessem falar um com o outro, Stephen entrou no corredor.

— Constantine! — disse o anfitrião ao apertar a mão do amigo. — Entre, o jantar está quase servido.

Durante o jantar, o ar estava cheio de conversas. Stephen e Dolly falaram sobre os filhos, o trabalho de Stephen e o de caridade de Dolly. Kitty tentou chamar a atenção de Constantine, mas ele parecia estar determinado a ignorá-la.

Constantine estava nervoso. Sentia que se falasse com Kitty, ou até mesmo olhasse para ela, a esperança que havia trazido poderia ser destruída mais uma vez.

Depois do jantar, Constantine se sentou ao redor da mesa de jogos.

— Alguém gostaria de jogar? — perguntou aos presentes.

— Eu — disse Kitty, sentando-se à frente dele.

— Eu também... — começou Stephen.

— Não, você não! — interrompeu Dolly, levando o marido pelo cotovelo, afastando-o do jovem casal. Dolly percebeu que

Kitty e Constantine precisavam de um tempo a sós. Ele sorriu para Dolly e começou a distribuir as cartas.

— Sinto muito — sussurrou Kitty, com a voz um tanto trêmula.

— Você não tem por que se desculpar —respondeu Constantine. — Foi fiel ao seu coração. Não posso ficar bravo por isso.

Kitty balançou a cabeça.

— Eu não sabia o que o meu coração realmente queria naquela época — ela disse.

Constantine pegou as cartas e olhou para elas, tentando manter as mãos firmes. Estaria Kitty tentando dizer a ele que tinha cometido um erro?

— Todos nós, às vezes, cometemos erros — disse com a maior calma que conseguiu manter.

— Você cometeu um erro quando me pediu em casamento? — perguntou Kitty, mas Constantine sorriu.

— Não, ali eu não cometi erro algum — disse ele. — Eu amava você. E continuo amando.

Kitty poderia ter pulado de alegria. Estava tão feliz.

— Eu cometi um erro ao dizer não para você meses atrás — ela disse. — Vai me dar uma chance de dar a resposta certa para você desta vez?

Constantine passou do sentimento de tristeza ao medo, à esperança e, por fim, à alegria, tudo em questão de uns poucos dias. Kitty finalmente seria sua esposa!

CAPÍTULO CATORZE

Os meses da gravidez de Anna foram se passando e ela manteve a promessa feita a Alexis, ficando na casa de campo. Mas não conseguiu parar de ver o conde. Vronsky a visitava com frequência e estava muito feliz por se tornar pai em breve.

Os dois caminhavam pelos jardins, liam juntos e conversavam sobre o futuro que queriam ter. Para qualquer outra pessoa, eles pareciam um jovem casal formando uma nova família. Mas Anna ainda era casada com outro homem.

A tensão da gravidez começou a deixar Anna doente. Em pouco tempo ela foi ficando fraca demais até para sair da cama. Vronsky permaneceu ao lado dela, mas Anna começou a pedir a companhia de outra pessoa. Ela queria Alexis.

Alexis chegou dias depois que Annie, a filha de Anna, nasceu. Ao entrar no quarto, ficou chocado quando viu o estado da esposa. Ela parecia não saber nem mesmo onde estava. Alexis se aborreceu, mas não ficou surpreso com a imagem de Vronsky esparramado em uma cadeira no canto.

— Ela está morrendo — disse Vronsky, lamentando. — Eu não sei o que fazer.

— Você deve confiar nos médicos — respondeu Alexis. — E em Deus.

— Alexis? — disse Anna, com a voz bem fraca. — É você? Você está aqui?

Ele se aproximou da cama e segurou a mão de Anna.

— Estou aqui — ele disse.

— Você vai me perdoar? — ela perguntou. — E perdoar o conde Vronsky? Nós causamos um mal terrível a você.

E assim, de repente, toda a raiva de Alexis sumiu. Tudo o que ele sentia agora era pena.

— Eu perdoo você — respondeu ele. — E depois olhou para o homem que lhe havia causado tanta dor. — Perdoo vocês dois.

O conde Vronsky se levantou. Durante meses ele acreditou que fez

a coisa certa indo atrás da mulher que amava. Ter um filho com ela. Mas ali, ao olhar para Alexis Karenina, ficou envergonhado. Tinha tomado a esposa daquele homem bom. E agora ela estava gravemente doente.

— Você também me parece mal, conde Vronsky — disse Alexis. — Talvez seja melhor você ir embora agora. Mandarei notícias quando Anna se recuperar.

Vronsky não conseguia acreditar ou entender a bondade que Alexis estava demonstrando. Era quase difícil suportar. E ele sabia que não poderia viver sem Anna, mas por enquanto faria o que Alexis estava pedindo. Sairia daquela casa e os deixaria em paz.

CAPÍTULO QUINZE

À medida que os dias foram se passando, Anna começou a se fortalecer. Alexis ficou com ela na casa de campo em vez de voltar para a cidade.

Até que, certa manhã, Alexis voltou de uma caminhada e descobriu que a princesa Betsy tinha vindo visitar Anna. Quando Alexis entrou na sala, Betsy disse:

— Vou deixá-la agora, minha querida. — Ela acenou para Alexis, saindo rapidamente.

— O que ela queria? — perguntou Alexis, irritado ao ver a velha amiga de Anna.

— Ela veio me contar que o Vronsky quer me ver — disse Anna, corajosa. E começou a chorar.

— Quando me pediu para perdoar você — começou Alexis, — achei que fosse porque queria voltar a ser uma boa esposa para mim.

E em meio às lágrimas, Anna disse:

— Eu queria que você me perdoasse porque achei que estava morrendo. Mas agora que vou viver, não posso viver sem ele.

Alexis se sentiu traído. A raiva o queimou por dentro.

— Lembre-se bem de que, se me divorciar de você, eu a proibirei de ver Serezha!

Anna tinha visto sua vida se esvaindo e agora que estava bem de novo, sabia exatamente o que queria. Mesmo que isso partisse seu coração.

— Eu amo Serezha — ela disse. — Mas não posso ficar com você enquanto o Vronsky estiver vivo.

Não havia outra saída para Anna e Alexis a não ser o divórcio.

Quando se sentiu forte o bastante para viajar, Anna pegou Annie e se encontrou com o conde Vronsky. Juntos, foram para a Itália, deixando aquele mundo de São Petersburgo e Moscou para trás.

CAPÍTULO DEZESSEIS

O casamento de Kitty e Constantine foi o dia mais feliz de todos. Parecia que toda Moscou tinha saído às ruas para ver os noivos passarem na carruagem.

Kitty ficou muito feliz em deixar Moscou e se juntar a Constantine na propriedade rural. A casa não era tão elegante como a que ela dividia com os pais, mas estava cheia de amor. Parecia que nada seria capaz de arruinar a felicidade dos Levins.

Até que Constantine recebeu uma carta de Nicholas.

Querido irmão, peço que venha me visitar. Receio que não esteja melhorando e que meu tempo na Terra está no fim. Gostaria de conhecer sua nova noiva, se você permitir.

Seu amado irmão, Nicholas.

Constantine sabia que deveria ir visitar o irmão, mas não queria que Kitty fosse junto. Ele tinha vergonha da maneira como Nicholas vivia e não queria que ela testemunhasse aquilo. Já Kitty pensava de forma diferente.

— Ele é seu irmão! — ela disse. — É claro que eu preciso conhecê-lo!

Constantine suspirou.

— Ele leva uma vida muito diferente da minha. Não tem uma casa apresentável e mora com uma mulher que não é a esposa dele.

Pela primeira vez desde que se casaram, Kitty ficou zangada com o marido. Era como se ele não a conhecesse.

— Você me acha tão fraca a ponto de julgá-lo por isso? Sei muito bem que a vida nem sempre é bonita e perfeita. Vou com você. E isso é tudo o que precisa ser dito sobre esse assunto.

CAPÍTULO DEZESSETE

A Itália parecia um sonho para Anna e Vronsky. O clima era quente, a comida deliciosa e ninguém sabia quem eles eram. Podiam fingir ser uma família normal, levando a filha para passar as férias.

Porém, algo incomodava Anna.

— Precisamos voltar — disse ela certo dia, enquanto tomavam o café da manhã na varanda da casa.

Vronsky olhou para Anna.

— Mas por quê? — ele perguntou. — Você não está feliz aqui?

Anna pegou a mão dele.

— Claro que estou — ela respondeu. — Mas eu tenho um filho. Sinto falta de Serezha e estou com medo de que ele me esqueça.

Vronsky balançou a cabeça. Ele também estava pensando em voltar para a Rússia. Nos últimos dias, tinha recebido muitas cartas. Seu general lhe oferecera uma promoção que o faria subir de nível acima dos colegas oficiais. Vronsky estava ansioso para ocupá-lo. Ele amava Anna e Annie, mas ainda era jovem e tinha muitas ambições. E recebeu também uma carta de sua mãe. Essa, em especial, ele havia escondido de Anna.

Querido filho, sei que cortamos relações. Não aprovo seu relacionamento com Anna, mas acredito que ainda podemos fazer as pazes. O general me contou sobre sua promoção. Acho que deveria aceitá-la. Assim que voltar para a Rússia, quero que venha me visitar. Estou hospedando a princesa Sorokin e a mãe dela durante todo o verão. Elas estão ansiosas para vê-lo novamente.

Sua mãe amorosa.

Vronsky sabia que sua mãe sempre desejou que ele se casasse com a princesa Sorokin. E ficou furiosa quando o filho escolheu viver com uma mulher casada. Mas ela ainda tinha esperança de que Vronsky mudasse de ideia.

Ele concordou em voltar para a Rússia. Embora dissesse a Anna que estava fazendo isso por ela, parte dele sabia que a vida que levavam na Itália não passava de um sonho, nada mais que isso. E agora talvez fosse a hora de acordar.

CAPÍTULO DEZOITO

Anna nem esperou para desfazer a mala quando chegou à casa de Vronsky em São Petersburgo. Ela conseguiu uma babá para cuidar de Annie e foi direto ver Serezha.

Ficou na esquina até ter certeza de que Alexis tinha saído. O mordomo e os criados se entreolharam nervosos enquanto ela andou pelos corredores e subiu as escadas até o quarto do filho.

— Serezha! — exclamou, caindo de joelhos e envolvendo o filho com um abraço apertado.

— Mamãe! Você está de volta! — disse Serezha. — Por que você ficou tanto tempo longe? Senti muitas saudades.

Ainda que estivesse sorrindo, o coração de Anna estava partido. Ela tinha negligenciado o próprio filho por amor a outra pessoa. Que tipo de mãe ela era?

— Eu sinto muito, meu amor — disse, tentando conter as lágrimas. — Prometo que vou ficar aqui!

— Você está voltando para casa? — perguntou Serezha.

Anna balançou a cabeça.

— Não, não para cá. Mas não estarei longe.

Naquele momento, a porta
do quarto de Serezha se abriu e
Alexis entrou. Um dos criados
provavelmente o avisou que Anna
estava lá.

— Está na hora de a mamãe
ir embora — disse
Alexis, calmamente.

— Não! — disse Serezha, segurando o braço da mãe com força.

Por um momento, Anna pensou em pedir perdão a Alexis. Talvez ela pudesse voltar a ser sua esposa novamente, ser uma boa mãe para Serezha. Mas bastou olhar para Alexis para Anna entender que isso seria impossível.

— Desculpe, meu amor — disse Anna, abaixando-se para tirar a mão de Serezha do próprio braço. — Eu prometo que vamos nos ver em breve.

Ela beijou Serezha na cabeça e passou por Alexis, que não olhou para ele. Após sua saída, ele bateu a porta com firmeza.

CAPÍTULO DEZENOVE

Anna não respondeu a Vronsky quando ele perguntou a causa de seu choro. Queria apagar aquela cena dos pensamentos, exceto os momentos preciosos que tinha compartilhado com Serezha. Esses, sim, ela queria manter guardados para si mesma.

Então enviou uma mensagem para a princesa Betsy, dizendo que queria ir ao teatro aquela noite.

— Acha mesmo que é uma boa ideia? — perguntou Vronsky.

— *Você* está indo — disse Anna, zangada. — Por que eu não deveria?

— Vou passar algumas horas com a minha mãe — suspirou Vronsky. — Você sabe muito bem que, estando na Rússia, não podemos ir juntos.

Embora vivessem como uma família na Itália, todos em São Petersburgo sabiam que Anna era casada com outro homem. Ela e Alexis estavam se divorciando, mas isso ainda levaria um tempo para se tornar definitivo.

— Eu vou com Betsy — disse Anna, colocando um de seus vestidos favoritos. — E nem vou falar com você, se isso o faz se sentir melhor.

Vronsky saiu do aposento sem dizer mais nada. Ele achava que Anna estava sendo infantil.

Ela chegou sozinha ao teatro. Até tentou ignorar os olhares e sussurros daquelas pessoas que um dia pensou serem suas amigas. Quando finalmente avistou Betsy, suspirou de alívio.

— Anna! Que prazer ver você — disse Betsy. Mas ela parecia constrangida.

— Obrigada, Betsy — respondeu Anna. — Você tem lugar para mim no seu camarote?

Betsy hesitou. Por um segundo, Anna achou que Betsy ia recusar.

— Claro que sim, venha comigo — disse Betsy, levando Anna para dentro de um camarote.

Assim que se acomodou em seu assento, Anna notou outro casal se levantar e sair. Sabia que era por sua causa.

— Ignore-os — sussurrou Betsy. — Eles estão com inveja desse lindo vestido que você está usando.

Anna ficou satisfeita por Betsy ter feito as coisas melhorarem um pouco. Ela era uma das poucas amigas que tinha deixado para trás.

— Olhe só para ela! — Anna ouviu um comentário feito em voz alta vindo do camarote ao lado. — Coitado do marido! Isso é tão errado.

— E ela deixou o filho para trás também — outra voz disse.

— Que ousadia dela vir ao teatro para se exibir!

Anna se levantou quando as luzes se apagaram. Correu para fora do camarote e entrou no saguão, segurando as lágrimas. E ali ela viu Vronsky e a mãe entrando no teatro. O conde segurava o braço de uma bela mulher.

CAPÍTULO VINTE

O irmão de Constantine morava em um apartamento minúsculo. Ali havia apenas dois quartos, e o banheiro era compartilhado com outras duas famílias. Nicholas estava deitado em uma cama, cercada por uma cortina. Embora a casa fosse pequena, Marya a mantinha sempre limpa e arrumada.

Marya era baixinha e tinha os cabelos longos e escuros. Suas roupas estavam desbotadas, mas Kitty pôde ver que eram bem cuidadas.

Constantine se sentiu envergonhado ao levar Kitty para a sala. Mas ela simplesmente pegou a mão de Marya e disse:

— Obrigada por nos receber na sua casa. Eu adoraria conhecer seu irmão, Constantine.

Ele sorriu para a esposa e a conduziu lentamente até a cama de Nicholas. Ele estava magro e pálido. Embora se parecesse um pouco com Constantine, a doença o fazia parecer bem mais velho.

— É um prazer conhecê-lo — disse Kitty.

Ali não havia uma cadeira. Kitty então se ajoelhou no chão.

— Ainda bem que você chegou a tempo — disse Nicholas, resmungando. — Não me resta muito tempo.

Mais tarde, Marya explicou que os médicos não podiam fazer nada por Nicholas. A doença era muito grave.

— Tudo o que posso fazer é deixá-lo confortável — ela explicou.

— Então é isso que faremos — respondeu Kitty.

— Nós? — perguntou Constantine.

— Sim, nós. Nós três podemos fazer dos últimos dias de Nicholas os mais felizes.

E foi exatamente o que fizeram. Kitty arregaçou as mangas e vestiu um avental. Ela ajudou a limpar o apartamento enquanto Marya cozinhava. Em voz alta, Constantine leu o jornal para o irmão e falou do passado. Todas as noites, Kitty e Constantine voltavam para a casa deles em Moscou e retornavam na manhã seguinte

com flores frescas para a cabeceira de Nicholas e comida para a mesa.

Os dias foram se passando e Nicholas ficando cada vez mais fraco, mas ele parecia estar confortável e contente. Falava e comia cada vez menos, até que por fim não abriu mais os olhos.

Naquela noite, enquanto estavam em casa, sentados próximos à lareira, Constantine perguntou a Kitty porque era tão importante para ela cuidar de Nicholas em seus últimos dias de vida.

— Ele era a sua família, Constantine — disse ela, apoiando a cabeça no ombro do marido. —

Família é importante. E acho que a nossa será a coisa mais importante nas nossas vidas.

Constantine se endireitou e olhou para Kitty.

— Nossa família? — perguntou, um tanto chocado.

— Sim! — respondeu ela. — Vamos ter um bebê.

Depois de estar com o irmão em seus últimos dias de vida e pensar no próprio futuro com Kitty, Constantine percebeu qual era a coisa mais importante da vida: o amor.

CAPÍTULO VINTE E UM

Desde a noite no teatro, Anna não conseguiu mais sair do apartamento de Vronsky. Cada vez que ela pensava em dar um passeio, sua cabeça se enchia com imagens de rostos rudes e bocas sussurrando.

Ela também não conseguia parar de pensar em Vronsky e na princesa Sorokin. Anna suspeitou que aquela devia ser a tal princesa que esteve com Vronsky no teatro. Os dois pareciam tão perfeitos juntos.

Afinal, não acontecia a mesma coisa com Vronsky. Ninguém achava que ele tinha feito algo errado e, por isso, era convidado para bailes e para o teatro, como antes.

— Você vai sair de novo? — Anna perguntou ao vê-lo vestido com um terno elegante.

— Sim, tenho que resolver algumas

coisas para a minha mãe — ele respondeu.

— Quando podemos ir embora de novo? — perguntou Anna.

— Em breve — disse Vronsky, colocando o chapéu e se olhando no espelho. — Muito em breve.

Anna ouviu a porta do apartamento fechar. Alguns dias antes, tinha recebido uma carta de Alexis dizendo que ela nunca mais veria Serezha. Anna não tinha forças para lutar contra ele. E não conseguia nem mesmo segurar ou acalentar a pequena Annie. Ela não se sentia capaz de amar um dos filhos enquanto perdia o outro.

Além disso, tinha recebido notícias de Dolly. Ela e Stephen estavam esperando outro bebê, mas Anna nem conseguiu se sentir feliz por eles, estava com inveja. Eles podiam não ter o relacionamento perfeito, mas estavam contentes.

A única coisa que restava a Anna era Vronsky. Mas agora até ele parecia estar escapando. Ele havia dito que a amava e que deixariam Moscou em breve, mas Anna tinha visto uma carta em que o general parabenizava Vronsky pela promoção. E ele não parecia incluí-la em seus planos.

O que era ela se não era uma esposa? O que ela era se não fosse mãe? O que ela era se não era de Vronsky?

Sentindo-se como se não tivesse nada em que se agarrar, Anna correu para fora para seguir Vronsky. Ela estava convencida de que o conde veria a princesa Sorokin novamente. A princesa era jovem, solteira e perfeita. Tudo o que Anna não era.

Os pés de Anna fizeram barulho na calçada. Ela olhou cada rosto, procurando por Vronsky,

Stephen, Dolly, ou qualquer um que pudesse fazê-la sentir que pertencia a algum lugar.

Depois do que pareceram horas procurando e não encontrando ninguém, Anna ouviu o apito de um trem. Ao se aproximar da estação, ela repentinamente soube o que deveria fazer: embarcar no primeiro trem sem se importar para onde ela estava indo. A única coisa que importava era que ela estava embarcando e nunca mais voltaria.

EPÍLOGO

A família de Anna recebeu a notícia de que ela havia morrido em um acidente na estação ferroviária. Stephen ficou arrasado. Ele amava a irmã e muitas vezes pensou no que poderia ter feito para ajudá-la. Ele se tornou um marido melhor para Dolly e percebeu como tinha sorte.

Constantine e Kitty Levin tiveram um lindo menino. Ele tinha tudo o que sempre quis na vida. Como sua esposa disse certa vez, família era tudo. Eles levavam uma vida simples e feliz na fazenda, e juntos criaram os filhos.

Vronsky sentiu que a morte de Anna fora culpa dele e se entregou ao serviço militar para esquecer o que havia feito. Ele não se casou com a princesa Sorokin, por mais que a mãe o tivesse encorajado.

Alexis Karenina criou Serezha e Annie juntos, como irmão e irmã. Ele era um pai dedicado, e amou os dois com ternura e da mesma forma. E jamais esqueceu a esposa que havia perdido.

Antes um jovem estudante promissor, Raskolnikov não sabe como acabou ficando pobre e miserável. Determinado a colocar sua vida de volta nos trilhos, ele faz uma coisa horrível. Mas, quando a mãe e a irmã, desesperadas, aparecem em sua porta buscando ajuda para escapar de um casamento forçado e um policial começa a investigar a sua vida, Raskolnikov percebe que seus problemas talvez não tenham acabado.

Raskolnikov será punido por seus atos? Ou a culpa o consumirá primeiro?